1822-1880

SOUSCRIPTION

POUR ÉLEVER

UN MONUMENT À SA MÉMOIRE

ORGANISÉE SOUS LE PATRONAGE DE LA

SOCIÉTÉ FRANÇAISE DE PHYSIQUE

PARIS,

GAUTHIER-VILLARS, IMPRIMEUR-LIBRAIRE

DU BUREAU DES LONGITUDES, DE L'ÉCOLE POLYTECHNIQUE,

SUCCESSEUR DE MALLET-BACHELIER

Quai des Augustins

1884

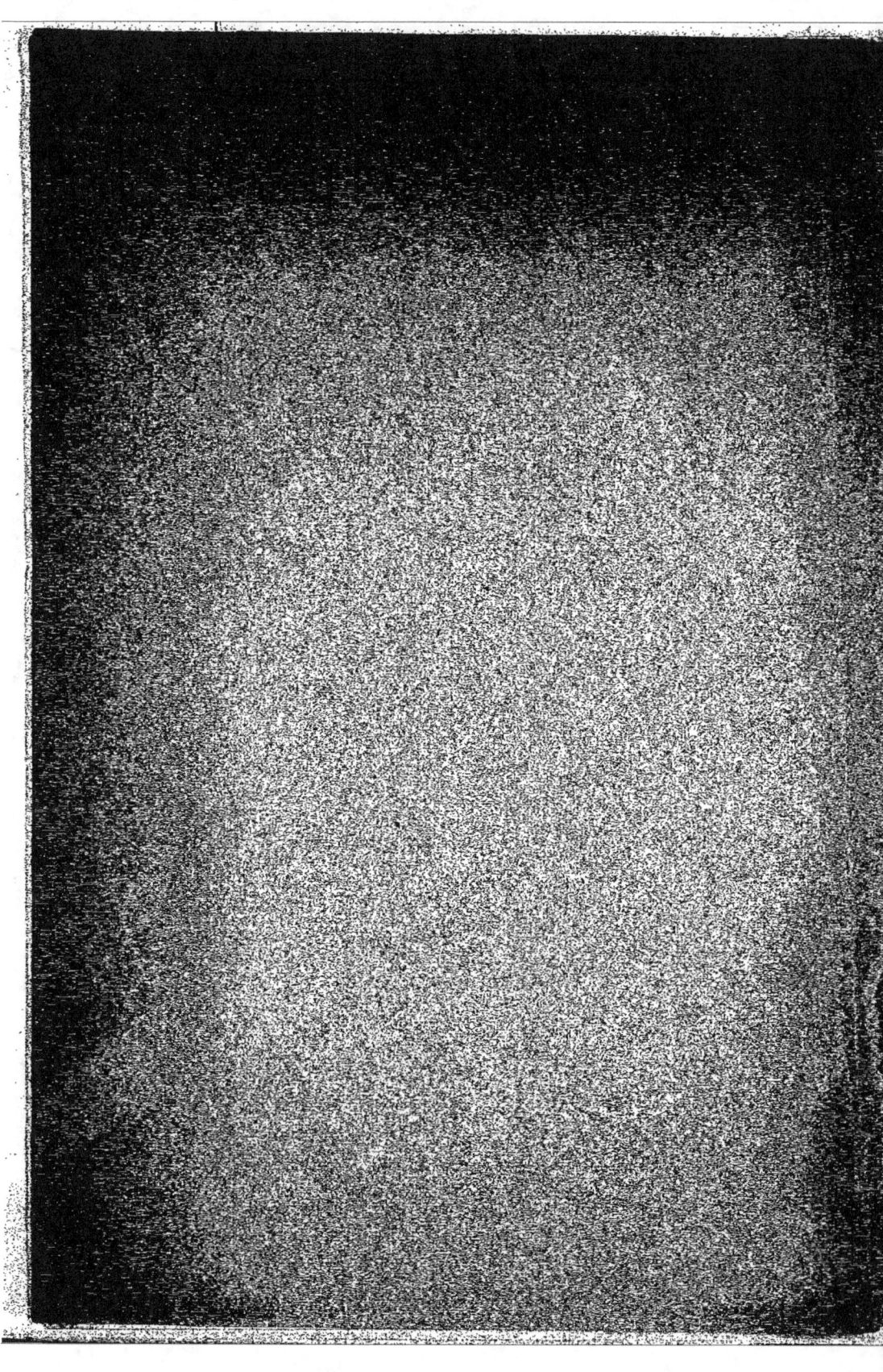

J.-Cн. D'ALMEIDA

1822-1880.

SOUSCRIPTION

POUR ÉLEVER

UN MONUMENT A SA MÉMOIRE

ORGANISÉE SOUS LE PATRONAGE DE LA

SOCIÉTÉ FRANÇAISE DE PHYSIQUE

PARIS,

GAUTHIER-VILLARS, IMPRIMEUR-LIBRAIRE

DU BUREAU DES LONGITUDES, DE L'ÉCOLE POLYTECHNIQUE

SUCCESSEUR DE MALLET-BACHELIER,

Quai des Augustins, 55.

1884

FONDATEUR _ SOCIÉTÉ _ PHYSIQUE

CIRCULAIRE DU COMITÉ DE SOUSCRIPTION.

Monsieur,

Le Conseil de la Société française de Physique a pris l'initiative d'une souscription destinée à élever un monument à la mémoire de M. d'Almeida. Les Membres de l'Association des anciens Élèves du lycée Henri IV et les amis de M. d'Almeida se sont joints à cette œuvre.

La Société française de Physique, par un vote unanime émis dans la séance du 7 janvier 1881, a approuvé l'initiative du Conseil et déclaré qu'elle prenait la souscription sous son patronage.

Un Comité, formé par les personnes dont les noms suivent, a été constitué pour cette souscription. Ce Comité a décidé que le monument consisterait en un buste qui serait placé dans la salle ordinaire des séances de la Société de Physique.

C'est avec confiance que nous faisons appel à tous les Membres de la Société de Physique, dont M. d'Almeida a été l'un des Fondateurs et dont il est resté, depuis l'origine, le Secrétaire général; aux lecteurs du *Journal de Physique,* qu'il a créé et auquel il a su donner une place si distinguée dans la littérature scientifique; aux anciens Élèves du lycée Henri IV, dont il a été lui-même l'élève et, pendant vingt-cinq ans, l'un des plus éminents Professeurs; enfin, à tous ceux qui ont connu M. d'Almeida et ont été témoins de son dévouement constant à la Science et à la Patrie.

Veuillez, Monsieur, agréer l'assurance de notre considération la plus distinguée.

MASCART, Président sortant de la Société de Physique, *Président*.

Jules BARBIER, Vice-Président de l'Association des anciens Élèves du lycée Henri IV, *Vice-Président*.

JOUBERT, Secrétaire général de la Société de Physique, *Secrétaire*.

NIAUDET, Trésorier de la Société de Physique, *Trésorier*.

BAILLAUD, Professeur à la Faculté des Sciences de Toulouse. — BERTHELOT, Membre de l'Institut. — BERTIN, Sous-Directeur de l'École Normale supérieure. — BISCHOFSHEIM, Membre du Conseil de la Société de Physique. — BLAVIER, Inspecteur divisionnaire des Télégraphes. — BOUTY, Professeur au lycée Saint-Louis. — BRISSE, Professeur au lycée Condorcet. — CORNU, Membre de l'Institut. — CROVA, Professeur à la Faculté des Sciences de Montpellier. — Dr TH. DAMASCHINO, Président de l'Association des anciens Élèves du lycée Henri IV. — DUFET, Professeur au lycée Saint-Louis, Secrétaire annuel de la Société de Physique. — DE GASTÉ, Député au Corps législatif. — GRENIER, Proviseur du lycée Henri IV. — JAMIN, Membre de l'Institut. — JANET, Membre de l'Institut. — JANSSEN, Membre de l'Institut. — LESPIAULT, Professeur à la Faculté des Sciences de Bordeaux. — MOREAU, Chef des travaux physiologiques au Muséum. — POTIER, Ingénieur des Mines. — QUET, Inspecteur général de l'Instruction publique. — SEBERT, Colonel d'Artillerie de Marine. — MARTIN DE SAINT-SEMMERA, Secrétaire général de l'Association des anciens Élèves du lycée Henri IV. — TERNANT, Représentant de la Cie de l'Eastern Telegraph, à Marseille. — TERQUEM, Professeur à la Faculté des Sciences de Lille. — VIOLLE, Professeur à la Faculté des Sciences de Lyon.

NOTICE SUR LA VIE ET LES TRAVAUX

DE

J.-CH. D'ALMEIDA,

Par M. E. BOUTY ([1]).

Joseph-Charles d'Almeida est né à Paris le 11 novembre 1822. Après de bonnes études commencées à la pension de Reusse, dont les élèves suivaient les cours du lycée Saint-Louis, et terminées au lycée Henri IV, M. d'Almeida fut attaché à ce lycée comme préparateur du cours de M. Blanchet. Il remplit ces modestes fonctions de 1843 à 1848 et fut successivement reçu licencié ès sciences mathématiques et licencié ès sciences physiques, nommé agrégé de Physique au concours de 1848 et envoyé comme professeur au lycée d'Alger. Il revint à Paris, en congé, à la fin de l'année 1852. M. Berthelot, dont il s'honorait particulièrement d'être l'ami, l'accueillit au laboratoire de Chimie de M. Balard, dont il était lui-même préparateur, et fut heureux de pouvoir mettre à sa disposition les moyens de travail nécessaires. C'est dans ce laboratoire du Collège de France, et de 1852 à 1856, que M. d'Almeida exécuta ses recherches *sur la décomposition par la pile des sels dissous dans l'eau*, publiées dans les *Annales de Chimie et de Physique* ([2]) : elles lui valurent le grade de docteur ès sciences ([3]).

A la fin de l'année 1852, M. d'Almeida avait été nommé chargé de cours au lycée Henri IV, où il professa jusqu'en octobre 1876. Ses cours devinrent dès lors sa principale préoccupation. Ceux qui le voyaient de près savent quel scrupule extrême il apporta toute sa vie à l'accomplissement de ses devoirs professionnels. Il aimait les jeunes gens et il aimait à enseigner : aussi

---

([1]) Extrait du *Journal de Physique*, Ire série, t. IX, p. 425; 1880.

([2]) 3e série, t. LI, p. 257; 1857.

([3]) 12 août 1856.

comptait-il parmi ses meilleures heures celles qu'il passait auprès de ses élèves ou qu'il employait dans leur intérêt.

Il fixa la trace de son enseignement dans le *Cours élémentaire de Physique* qu'il publia en commun avec M. Boutan, alors professeur au lycée Saint-Louis. La première édition de cet Ouvrage parut en 1862 ([1]) et fut très remarquée. Dès les premières pages on sent que la préoccupation essentielle des auteurs est d'habituer le lecteur à raisonner, de l'initier le plus profondément possible à la méthode expérimentale sans le décourager par l'appareil mathématique des grands Traités, enfin de l'intéresser par la grandeur du sujet et par l'utilité des résultats. On doit noter que pour la première fois, dans un Cours élémentaire de Physique, l'identité de la chaleur rayonnante et de la lumière et la notion de l'équivalence entre le travail mécanique et la chaleur sont clairement indiquées.

Le succès du *Cours de Physique* de MM. d'Almeida et Boutan a été consacré par la publication de quatre éditions; la dernière a paru en 1874 ([2]) et demeure le plus original et le plus complet des Traités élémentaires de Physique où l'on ne fait pas usage du Calcul infinitésimal. Il contient une exposition claire et succincte des principes fondamentaux de la Théorie mécanique de la chaleur, des généralités sur la Thermochimie, rédigées par M. Berthelot, une théorie élémentaire du potentiel électrique, les principaux résultats de l'analyse spectrale, et des notions expérimentales sur les phénomènes des interférences, de la diffraction et de la polarisation de la lumière.

L'érudition de M. d'Almeida, l'élévation et l'étendue des connaissances dont il faisait preuve, soit dans son enseignement ou dans la conversation, devaient beaucoup à ses nombreux voyages. Il y avait peu de contrées en Europe qu'il n'eût visitées au moins une fois; il n'y avait presque pas de grands centres universitaires où il n'eût séjourné et où il n'eût laissé des amis parmi les professeurs les plus éminents. En 1862, pendant un séjour de sept mois

---

([1]) *Cours élémentaire de Physique,* précédé de notions de Mécanique et suivi de problèmes; 1 vol. grand in-8°. Paris, Dunod, 1862.

([2]) *Cours élémentaire de Physique,* suivi de problèmes. 4ᵉ édition, entièrement revue et considérablement augmenté; 2 vol. grand in-8°. Paris, Dunod, 1874.

en Amérique, il fut témoin des principaux événements de la guerre de sécession; il entra en relation avec les généraux et les personnages les plus considérables, visita les camps et les forteresses du Nord et du Sud, reçu partout avec les sentiments de déférence que commandaient son savoir et son caractère. Quelques années plus tard il parcourut l'Autriche et l'Allemagne, séjourna à Vienne, à Leipzig, à Berlin, enfin visita la Suède et la Norvège. En 1869, il fit partie, avec MM. Balard, Berthelot, Jamin, Marey, etc., du groupe de savants qui assistèrent à l'inauguration du canal de Suez, visitèrent la basse Égypte, les Pyramides, et remontèrent le Nil jusqu'aux premières cataractes et à l'île de Philæ.

Peu après son retour de cette expédition, qui portait si loin le nom de la France, éclata la guerre avec l'Allemagne. M. d'Almeida fit partie du Comité scientifique de défense institué par arrêté de M. Brame le 2 septembre 1870. Ce Comité, présidé par M. Berthelot, était formé de MM. d'Almeida, Bréguet, Fremy, Jamin, Ruggieri et Schützenberger. C'est à M. d'Almeida qu'appartient la première idée des photographies microscopiques employées comme moyen de correspondance. Ce procédé ingénieux fut, d'après la proposition du Comité, adopté en principe par le Gouvernement, puis mis en œuvre par M. Dagron, photographe d'une habileté consommée, lequel, bientôt après, partit de Paris en ballon pour aller installer la communication de la province avec Paris à l'aide des pigeons voyageurs.

M. d'Almeida concourut pour sa part aux essais tentés en vue de rétablir la correspondance télégraphique entre Paris et la province en prenant la Seine comme conducteur. Ce procédé, fondé sur l'emploi des courants dérivés, avait été proposé par M. Bourbouze, préparateur à la Faculté des Sciences, qui fut, après le siège, décoré pour cette invention. Après des études rapides faites entre l'Hôtel de Ville et l'usine de M. Claparède, à Saint-Denis, par MM. Desains, Jamin et Berthelot, M. d'Almeida fut envoyé en province par ballon, le 17 décembre 1870, pour essayer ce nouveau moyen de communication. Toutes les difficultés d'un voyage qui le conduisit du fond de la Champagne pouilleuse à Lyon à travers les lignes prussiennes, et de Lyon à Bordeaux, où l'appelait une mission supplémentaire, pour aller rencontrer la Seine au Havre; le manque d'un matériel convenable qu'il fallut faire acheter à

Londres et conduire, à travers les armées ennemies en marche, jusqu'à Poissy, où M. d'Almeida ne parvint à se fixer que le 14 janvier; enfin la congélation de la Seine, depuis le commencement de décembre 1870, retardèrent malheureusement les essais définitifs. Ils purent enfin être tentés, grâce au concours dévoué de M. Coupier, fabricant de produits chimiques à Poissy, à la date du 24 du même mois, c'est-à-dire à la veille de l'armistice. Il était trop tard même pour se convaincre de l'efficacité pratique du système de M. Bourbouze dans les conditions où l'on se trouvait placé.

Quand la paix et l'ordre intérieur furent rétablis, M. d'Almeida reprit ses cours au lycée Henri IV avec ces sentiments de profonde tristesse qui étaient communs à tous les Français, et, animé du désir de faire quelque œuvre utile à l'intérêt général, il fonda en 1872 le *Journal de Physique*, avec le concours actif et dévoué de M. Ch. Brisse et la collaboration des principaux physiciens français, MM. Berthelot, Billet, Cornu, Desains, Jamin, Lissajous, Mascart, Potier, etc. Le but patriotique qu'il poursuivait est si nettement indiqué dans la préface qui accompagne le premier numéro du Journal, que nous ne saurions mieux faire que de la reproduire ici tout entière :

« Initié par position, dit-il, aux pensées de ceux qui ont écrit leurs noms sur ces pages, je crois devoir faire connaître et le but qu'ils se proposent et les sentiments qui les animent.

» Ce qu'ils veulent, c'est donner une impulsion nouvelle à l'étude de la Physique. Ils s'associent pour en exposer les théories les plus récentes ou les moins connues, décrire les expériences sur lesquelles elles reposent, indiquer les moyens les plus faciles de les répéter, et dérouler jour par jour les progrès qu'elle réalise en France et à l'étranger. Par l'exécution de ce programme, ils espèrent intéresser quiconque possède les principes de la Science, vivifier l'enseignement, exciter l'esprit de recherche et provoquer les découvertes.

» Ils s'adressent aux professeurs de Physique, surtout aux isolés, qui, privés des ressources que les bibliothèques devraient leur fournir, gémissent de ne pouvoir développer leurs connaissances et de ne savoir où porter leurs efforts.

» Ils s'adressent aussi aux hommes de toute profession scientifique, industriels, ingénieurs, militaires, médecins et autres, qui ne peuvent, sans déchoir, oublier une science conseillère de leurs travaux, et qui doivent se souvenir que les physiciens les plus illustres sont sortis de leurs rangs.

» Animés de ces intentions, les fondateurs de ce Journal se sont unis; mais ils ne forment pas une association fermée. Ils ouvrent leurs rangs à qui peut seconder leur entreprise. Ils les ouvrent surtout aux jeunes générations de savants dont l'ardeur se montre à des signes certains. L'aptitude ne manque pas; les moyens de travail ne doivent plus faire défaut.

» S'ils ont été conduits à se rechercher par l'amour de la Science, un autre sentiment vient encore fortifier leur union : l'amour du pays. Aussi loin que peut s'étendre leur action, ils veulent, pour leur part, contribuer au développement des forces intellectuelles et morales de la France; des forces intellectuelles par le travail, des forces morales par l'union désintéressée des efforts communs. »

Le besoin d'un centre d'impulsion pour diriger les tentatives isolées, pour découvrir et encourager les aptitudes naissantes que M. d'Almeida avait si bien senti et exprimé, fut la raison d'être et la condition du succès du *Journal de Physique*. Ceux qui ont appartenu aux générations jeunes alors, auxquelles était adressé cet appel énergique, se souviennent avec une émotion pleine de reconnaissance de l'élan qu'il leur procura. Chaque numéro du Journal apportait un nouvel aliment à leur activité. Dans le cours de la première année, les applications récentes de la Théorie mécanique de la chaleur, la théorie du potentiel électrostatique, celle des mesures électriques et magnétiques se trouvaient vulgarisées parmi eux. Des analyses substantielles des principaux Mémoires étrangers les mettaient au courant de la Science sur les sujets qui les intéressaient le plus et ils devenaient bientôt capables de s'essayer eux-mêmes à résumer sous l'œil et d'après l'exemple de leurs maîtres les Mémoires qui leur étaient communiqués.. Aussi le nombre des collaborateurs augmentait chaque année, grâce au développement du travail individuel parmi les professeurs, mais surtout grâce à l'accueil si bienveillant et si empressé qu'ils rencontraient de la part de M. d'Almeida; il était toujours prêt à leur fournir les renseignements qui leur manquaient, à leur procurer les livres dont ils avaient besoin : il ne leur ménagea ni les couseils ni les encouragements, et sut toujours s'effacer dans son Journal, avec le désintéressement le plus absolu, pour leur en ouvrir les portes plus largement.

En même temps qu'il rendait de si grands services aux jeunes gens, le *Journal de Physique* contribuait à multiplier, par les analyses qu'il publie, nos rapports scientifiques avec l'étranger. Les savants anglais, italiens, hollandais, belges, suédois, suisses, autrichiens, américains, russes, MM. Warren de la Rue, Tyndall, Felici, Righi, Govi, Thalén, Soret, Szily, Van der Mensbrugghe, A.-M. Mayer et tant d'autres nous envoyaient directement des extraits de leurs Mémoires. La publicité du *Journal de Physique* était de plus en plus recherchée et appréciée en France et à l'étranger. Neuf Volumes publiés par M. d'Almeida avec un succès croissant garantissent la durée de cette œuvre qui lui était si chère et à laquelle le zèle d'aucun de ceux qui furent ses collaborateurs ne fera défaut dans l'avenir.

C'est dans le même ordre d'idées qui l'animaient lors de la fondation du Journal que M. d'Almeida fut conduit, en 1873, à prendre la part la plus active à la création de la Société de Physique. Vers 1867, quelques professeurs des lycées de Paris se réunissaient périodiquement à l'École Normale, où M. Bertin leur offrait une gracieuse hospitalité, pour causer de Physique et répéter les nouvelles expériences. Ces réunions, brusquement interrompues en 1870, ne purent être reprises que beaucoup plus tard, et alors le besoin d'en élargir le cercle se fit impérieusement sentir. Une Commission formée par MM. d'Almeida, Cornu, Gernez, Lissajous et Mascart, et dont M. Lissajous fut le rapporteur, prépara un projet de Statuts qui reçurent immédiatement de nombreuses et importantes adhésions. Au bout d'un an, la Société nouvelle comptait plus de deux cents membres, parmi lesquels on trouvait des membres de l'Institut, comme MM. Balard, César et Edmond Becquerel, Berthelot, Élie de Beaumont, Fizeau, Jamin et H. Sainte-Claire Deville, des savants étrangers, des professeurs au Collège de France et à l'École Polytechnique, des astronomes, des ingénieurs, des officiers, des médecins, des industriels, des constructeurs d'instruments de Physique, enfin de nombreux professeurs des lycées et des collèges les plus reculés de la province. Les premières réunions eurent lieu à la salle Gerson, sous la présidence de M. Fizeau, et

M. d'Almeida, nommé secrétaire général, s'occupa dès lors, comme il n'a cessé de le faire depuis, de provoquer des Communications intéressantes et, par l'intérêt croissant des séances, d'appeler chaque mois de nouvelles adhésions.

La Société, qui compte aujourd'hui plus de cinq cents membres, dont plus de cinquante membres à vie, a eu pour présidents MM. Fizeau, Bertin, Jamin, Quet, Becquerel, Blavier, Berthelot, Mascart et Cornu; elle a eu parmi ses membres honoraires décédés des savants tels que César Becquerel, le P. Secchi, et elle est fière d'y compter aujourd'hui MM. Fizeau, Billet, Plateau, W. Thomson, Joule, Broch et Stokes. Elle publie par les soins de son secrétaire général un bulletin où se trouvent consignées, on peut le dire, toutes les découvertes intéressantes réalisées dans ces huit dernières années. Enfin elle est sur le point d'obtenir, avec la déclaration d'utilité publique, le droit de recevoir des dons et d'élargir dans une mesure correspondante les bienfaits que peuvent en attendre ses membres les plus éloignés. Depuis longtemps déjà une bibliothèque circulante comprenant les publications périodiques françaises et étrangères les plus importantes est mise à la disposition de tous ceux qui le désirent, et une séance solennelle offre pendant le congé de Pâques aux professeurs de province qui ont pu se rendre à Paris toutes les expériences, tous les appareils qui ont été présentés à la Société pendant l'année.

De tels résultats sont dus pour une grande part à l'activité, au désintéressement, à l'esprit conciliant de M. d'Almeida. La Société de Physique était à peu près sa création, et jusqu'à son dernier jour il en a été l'âme.

A la double fonction de directeur du *Journal de Physique* et de secrétaire général de la Société M. d'Almeida joignait, dans les dernières années de sa vie, celle d'inspecteur général de l'instruction publique. En octobre 1876 il s'était fait suppléer dans sa chaire du lycée Henri IV; l'été suivant, il fut envoyé en inspection générale comme délégué, puis nommé définitivement inspecteur général en 1879. Cette justice tardive rendue à son mérite lui fut sans doute agréable, mais ce qui le charmait surtout, c'est qu'il était en mesure de juger par ses yeux des progrès de notre enseignement public et de compléter son œuvre en apportant individuellement aux isolés, pour lesquels il avait déjà tant travaillé, l'appui de son expérience pour les diriger et de son autorité pour les protéger au besoin. La mort l'a surpris trop tôt pour qu'il ait pu faire dans nos lycées et dans nos collèges tout le bien qu'attendaient de lui ceux qui connaissaient la justesse de son esprit et l'énergie de son caractère.

Presque toujours absorbé par ses devoirs professionnels ou par des soins d'intérêt général, M. d'Almeida n'a laissé qu'un petit nombre de Mémoires originaux. Le premier en date et le plus étendu est sa Thèse de doctorat ([1]). Lorsqu'une dissolution saline contenue dans un tube en U ou dans tout autre appareil à deux compartiments est soumise à l'action d'un courant électrique entre deux électrodes de platine, on constate que la richesse de la dissolution diminue très inégalement dans chacune de ses deux moitiés. Sa partie qui s'appauvrit le plus rapidement est tantôt celle qui reçoit le pôle positif, tantôt celle qui reçoit le pôle négatif. Cette anomalie, signalée d'abord par Daniell et Miller ([2]), semblait renverser la théorie de Grotthus; les expériences de Pouillet ([3]), de Hittorf ([4]) et de M. de la Rive ([5]) avaient complété les observations de Daniell et Miller, sans apporter l'explication définitive des phénomènes. Par des expériences ingénieuses, M. d'Almeida établit que l'appauvrissement inégal des diverses parties de la solution est évité, au moins en majeure partie, quand on prend toutes les précautions nécessaires pour maintenir la liqueur électrolytique exactement neutre. En général, on ne peut réussir complètement, même en remplaçant l'électrode positive de platine par une électrode soluble; mais les différences de concentration sont d'autant plus faibles qu'on s'est plus approché de remplir cette condition. M. d'Almeida croit pouvoir en conclure que, quand un courant traverse une dissolution d'un sel métallique, il décompose le sel seulement, l'eau ne jouant d'autre rôle que celui de dissolvant; le

---

([1]) *Sur la décomposition par la pile des sels dissous dans l'eau*. Thèse présentée avec le numéro d'ordre 195 à la Faculté des Sciences de Paris, et publiée dans les *Annales de Chimie et de Physique*, 3ᵉ série, t. LI, p. 257.

([2]) DANIELL et MILLER, *Philos. Transact.*, 1844.

([3]) POUILLET, *Comptes rendus des séances de l'Académie des Sciences*, t. XX, 1845.

([4]) HITTORF, *Ann. der Physik und Chem.*, t. LXXXIX, 1853.

([5]) DE LA RIVE, *Archives de l'électricité*, t. V.

sel disparaît en égale quantité près de chaque pôle; mais, si la dissolution est rendue acide, l'eau acidulée et le sel sont tous deux décomposés, et une partie du dépôt métallique est due à une action secondaire exercée, dans ces conditions, par l'hydrogène qui provient de la décomposition de l'eau. Une dissolution primitivement neutre renferme un excès d'acide dès que le courant commence à passer; et cela alors même que l'on emploie une électrode soluble comme électrode positive. Telle est la théorie, au moins très plausible, proposée par M. d'Almeida; elle est appuyée sur des expériences parfaitement conduites, et l'on n'en possède pas de plus vraisemblable.

Dans une Note insérée au tome LI des *Comptes rendus des séances de l'Académie des Sciences,* MM. d'Almeida et Dehérain exposent un essai tenté en vue d'électrolyser une substance organique isolante, l'alcool, qu'ils rendent conductrice en l'additionnant d'acide azotique. L'acide seul est décomposé, et les produits de son électrolyse, réagissant sur l'alcool, donnent au pôle positif de l'aldéhyde, de l'éther acétique et peut-être de l'éther formique, au pôle négatif de l'ammoniaque et des ammoniaques composées.

Signalons encore une Note de M. d'Almeida *sur un appareil stéréoscopique* ([1]), et deux Notes *sur le zinc amalgamé et sur son attaque par les acides* ([2]) *et sur le rôle de la capillarité dans les phénomènes physiques et chimiques* ([3]), toutes publiées dans les *Comptes rendus des séances de l'Académie des Sciences.* En étudiant les conditions qui favorisent l'attaque du zinc par les acides, l'auteur a été conduit à attribuer un rôle prépondérant à une cause purement physique, la capillarité. Il y a entre l'hydrogène et les métaux une adhérence qui explique la polarisation d'une lame de zinc plongée dans l'eau acidulée; mais cette adhérence peut être vaincue si des circonstances convenables de forme du métal favorisent la production de grosses bulles qui n'adhèrent au métal que par un contour étroit. C'est ce qui arrive quand le métal, irrégulièrement rongé par un acide, présente des cavités coniques évasées en dehors.

([1]) *Comptes rendus des séances de l'Académie des Sciences,* t. XLVII, p. 6 1.
([2]) *Ibid.,* t. LXVIII, p. 442.
([3]) *Ibid.,* p. 553.

La capillarité chasse alors les bulles vers l'orifice de la cavité ; elles grossissent et se détachent, en vertu de la poussée du liquide, quand elles ont acquis un volume suffisant. C'est pour cela qu'une lame de zinc amalgamé, qui n'est pas attaquée d'une manière apparente par l'eau acidulée, laisse dégager de nombreuses bulles dès qu'on la recouvre d'une lame de verre inclinée, et cela alors même que l'ouverture de l'angle des deux lames est dirigée vers le bas. Les observations de M. d'Almeida rendent compte, au moins en partie, de l'influence de l'état physique sur la polarisation des lames métalliques ; en tout cas, elles établissent un lien curieux entre les phénomènes électriques et capillaires, rattachés depuis les uns aux autres d'une manière si frappante par les expériences de M. Lippmann.

Il nous reste encore à rappeler la part de M. d'Almeida dans les expériences publiées en 1873, en commun avec MM. Berthelot et Coulier, *sur la vérification de l'aréomètre de Baumé*. Cet instrument est encore employé dans le commerce pour définir la densité de certains liquides, tels que glycérine, acides, etc., et le désaccord qui existait entre les aréomètres fournis par les différents constructeurs était une cause permanente de difficultés. Pour les faire cesser, il fallait donner aux constructeurs une définition précise des conditions dans lesquelles l'instrument doit être gradué et fournir aux industriels des procédés de vérification rapides et précis. Ce double objet a été parfaitement atteint, grâce à des expériences bien faites, par lesquelles ont été dressées des Tables calculées d'après M. d'Almeida et qui doivent être employées pour la vérification de l'aréomètre.

En résumé, M. d'Almeida s'est montré expérimentateur habile et physicien ingénieux. Il possédait les qualités nécessaires pour cela : un jugement sûr, une finesse d'observation et une ténacité peu communes.

Dans la vie privée, il fut un ami sûr et dévoué pour les personnes qu'il honorait de son estime ; bienveillant avec tout le monde, il n'admettait qu'à bon escient dans son intimité et garda toujours une réserve extrême à l'égard de ceux même qu'il aimait le mieux.

L'Université perd en lui un de ses maîtres les plus éminents, la République un de ses serviteurs les plus dévoués, la Patrie un de ses meilleurs citoyens. La fermeté de ses opinions libérales s'était assez ouvertement manifestée dans des temps difficiles pour lui interdire longtemps les hautes positions qu'il était digne d'occuper; mais ce qui doit honorer sa mémoire plus encore que la dignité de son caractère, c'est l'ardeur de son dévouement à la France, qui s'est affirmée sous toutes les formes et dont témoignent si hautement les principales circonstances de sa vie.

ALLOCUTIONS PRONONCÉES SUR LA TOMBE

DE

J.-CH. D'ALMEIDA.

(10 NOVEMBRE 1880.)

DISCOURS DE M. MASCART,
Président de la Société française de Physique.

MESSIEURS,

Celui que la mort vient de frapper d'une manière si inattendue laisse parmi nous un vide irréparable, et je ne saurais exprimer la douleur profonde qu'ont éprouvée tous les membres de la Société française de Physique, dans laquelle il ne comptait que des amis.

En dehors de ses travaux personnels et de ses services universitaires, M. d'Almeida a consacré les dernières années de sa vie à deux grandes œuvres auxquelles son nom restera attaché.

Avec l'aide de quelques collaborateurs, il créa d'abord le *Journal de Physique,* qui tient aujourd'hui une place importante dans la littérature scientifique, dans le but de propager le goût de cette science, d'en faire connaître le progrès, de vivifier l'enseignement par l'introduction des idées nouvelles et de provoquer les découvertes.

Il trouva bientôt qu'il y avait encore mieux à faire, et il chercha à établir un lien plus intime, une communion d'idées plus féconde entre les hommes qui cultivent la Physique et ceux qui en suivent le développement; c'est à son activité infatigable, à son amour du bien et à son esprit conciliant que notre Société doit son existence. Il se préoccupait surtout d'être utile aux Membres éloignés et aux

travailleurs isolés qui n'ont pas les ressources des grands laboratoires et des riches bibliothèques; c'est dans cette pensée qu'il
organisa le prêt des instruments de recherche et cette bibliothèque
roulante qui répandait la connaissance des publications étrangères.

L'aménité de son caractère et la justesse de ses vues en avaient
fait l'ami et le guide de notre Société. Il en suivait la marche dans
les moindres détails; l'ordre du jour de nos séances était pour lui
un souci continuel, lors même que les devoirs de ses fonctions le
tenaient éloigné de nous.

Vous avez été tous témoins de son dévouement; il était mû,
en réalité, par le sentiment d'un grand devoir patriotique, qu'il
avait conservé de ses souvenirs du siège de Paris, qu'il communiquait à ses intimes et qu'il a indiqué avec discrétion dans la Préface
de son Journal : contribuer pour sa part au développement des
forces intellectuelles et morales de la France.

Comme s'il eût eu le pressentiment de sa fin subite, il s'était
préoccupé de ce que deviendrait son œuvre après lui. La Société de
Physique, par ses Statuts et par sa tradition, est animée de l'esprit
qu'il avait voulu lui imprimer : elle vivra et grandira. L'avenir était
moins certain pour le *Journal de Physique*, qui exige une action
plus personnelle. Réunissant un jour quelques-uns de ses collaborateurs habituels, il nous exposa avec une simplicité et une philosophie touchantes qu'il avait gardé pour lui seul toute la responsabilité de l'entreprise tant que le succès pouvait rester douteux,
mais que cette publication avait reçu un bon accueil, et il nous
demanda d'accepter les clauses d'une disposition testamentaire
qu'il avait prise pour en assurer la continuité. Ses vues seront
remplies, et nous tâcherons de faire honneur à la mémoire d'un
homme de bien qui a noblement servi la Science et sa Patrie.

DISCOURS DE M. DE GASTÉ,

Président sortant de l'Association amicale des anciens Élèves du Lycée Henri IV

Messieurs,

Au nom des anciens élèves du lycée Henri IV, que je représente
à cette triste cérémonie, je viens apporter mon tribut de regrets et

d'éloges à l'homme éminent dont un des maîtres de la Science française vient de vous retracer avec tant d'autorité la carrière scientifique.

L'Association amicale a perdu en lui un de ses membres les plus dévoués à la camaraderie dont elle est le centre et le lien. D'Almeïda fut un de ses fondateurs, un de ses présidents avec des savants illustres comme Élie de Beaumont, de Lesseps, Berthelot. Il apporta à cette œuvre le précieux concours de son génie organisateur. Le lendemain du jour où il fut élu président par le suffrage de ses anciens camarades, de ses anciens élèves, l'Association comptait cent adhérents de plus, tant était grande l'autorité de son nom et la popularité dont il jouissait dans ce Lycée, où il fut trente ans professeur. Jamais président ne déploya plus d'activité que lui, ne mit, au service des camarades trahis par la fortune, plus de dévouement.

On a parlé de son talent de professeur : j'ajouterai qu'il savait à la fois s'attirer un respect absolu et une profonde affection de la part de ses élèves ; il eut au plus haut degré l'autorité personnelle, celle qui vient du caractère, du cœur et de l'exemple. Il savait vouloir ; il aimait ses élèves comme ses enfants, comme une famille qui eut tout le dévouement de ce grand travailleur, resté seul jusqu'au jour où la mort vint le frapper ; enfin, il donna toujours l'exemple du travail, dans ce petit laboratoire annexé par lui à la classe de Physique de Henri IV, où, dimanches et jeudis, il consacrait à ses travaux personnels le temps que lui avaient laissé ses classes de la semaine.

On me permettra de rappeler, ici, qu'il fut un républicain convaincu, énergique, un républicain de la veille, un patriote ardent. Ses anciens collègues n'ont pas oublié l'énergie qu'il a déployée après le coup d'État de décembre, et, s'il ne fut pas révoqué, on peut dire qu'il fit tout ce qu'il fallait pour l'être. A l'heure du danger, au jour où sa patrie adoptive était en proie à l'invasion, il mit au service de la défense nationale l'indomptable énergie qui anima jusqu'au bout son corps miné par la maladie et le travail, et aussi les précieuses ressources de son esprit scientifique. Il subit les plus dures fatigues et exposa sa vie pour établir une communication entre la province et Paris assiégé. La croix lui fut donnée, non moins pour ses services pendant la guerre que pour ses travaux scientifiques et universitaires. Il remplissait les fonctions d'inspecteur général de l'Instruction publique avec la conscience et le talent qui ont honoré toute sa carrière, lorsque la mort est venue le frapper : on peut dire qu'il est mort en soldat, sur la brèche. « *Laboremus!* » ce fut sa devise : c'est l'encouragement que son exemple adresse aux jeunes camarades encore sur les bancs du Collège, qu'une bonne pensée de notre Proviseur a donnés comme dernière escorte au professeur éminent de notre cher Lycée Henri IV. D'Almeida fut pour nous un camarade excellent; pour le Lycée, un professeur hors ligne et une de ses gloires; pour la République, un défenseur ardent; pour la patrie, un citoyen dévoué. J'ajoute, et ce n'est pas son moindre éloge, que ce fut vraiment un homme, un caractère !

C'est dire tous nos regrets et notre deuil dans ce suprême adieu !

DISCOURS DE M. GASTON BONNIER.

Messieurs,

Je viens, au nom des élèves de M. d'Almeida, dire un dernier adieu à notre cher professeur.

La rapidité avec laquelle notre maître nous a été enlevé, sans que nous puissions même lui serrer une dernière fois la main, ajoute encore à notre douleur.

Ceux qui ont suivi les leçons de M. d'Almeida n'oublieront jamais la grande affection qu'il avait pour eux, l'excellente direction qu'il savait donner à leurs études et aussi celle qu'il savait donner à leur esprit.

Je revois cette salle du Lycée Henri IV quand, pour la première fois, il nous fit une leçon de Physique. Il avait conquis notre sympathie, notre respect profond, notre confiance absolue, et cela dès le premier moment.

Et, plus tard, comme cette confiance s'était encore accrue, alors que nous avions compris l'excellence de son enseignement et de sa méthode, alors que nous avions senti quel intérêt réel il nous portait !

La préoccupation principale de M. d'Almeida, lorsqu'il faisait un Cours, n'était pas de préparer les élèves en vue d'un examen : il cherchait, avant tout, à leur faire aimer la science qu'il enseignait, à leur donner le goût du travail. Il s'occupait souvent plus des élèves faibles ou moins bien doués que de ceux qui étaient à la tête de leur classe. Aussi était-il aimé de tous, des derniers comme des premiers.

A ceux de ses élèves qui se destinaient à devenir professeurs, l'enseignement de M. d'Almeida se présentait comme un modèle qu'ils cherchaient à imiter. Combien de fois, avec mon camarade M. Boutroux, nous sommes-nous rappelé notre cher professeur, lorsque nous préparions ensemble des leçons de Physique ou de Chimie à l'École Normale !

En troisième année, nous devions, suivant l'usage, faire quelques classes dans un Lycée de Paris. Nous avions tous deux choisi le Lycée Henri IV. Nous revîmes cette même classe où nous avions été élèves. L'un après l'autre, nous remplacions notre maître pour quinze jours. Mais il était là, attentif aux leçons que nous faisions : à la fin de la classe, il nous signalait les fautes ou nous donnait les plus utiles indications.

Après nous avoir instruits, il nous apprenait maintenant à enseigner.

M. d'Almeida ne perdait pas de vue ses élèves à la sortie du Lycée, ceux surtout qui avaient choisi la carrière scientifique. Lorsqu'une difficulté se présentait dans leurs travaux, ils savaient qu'il trouveraient toujours chez leur ancien maître un accueil affable et bienveillant, en même temps que de précieux conseils.

Aux heures d'espoir ou de découragement, nous ne viendrons plus maintenant, hélas ! frapper à sa porte de la rue Bonaparte, à l'heure du matin où nous étions toujours sûrs de le rencontrer.

Il nous quitte, laissant chez nous tous d'impérissables souvenirs. Nos cœurs et nos esprits garderont l'impression durable qu'il nous a tracée.

Les regrets qu'il emporte sont profonds et nombreux, comme le prouve la présence de ses collègues, de ses élèves et de tant d'amis venus pour lui dire un suprême adieu.

SÉANCE D'INAUGURATION.

RÉUNION TENUE PAR LA SOCIÉTÉ FRANÇAISE DE PHYSIQUE, LE 3 MARS 1883.

Le Président présente à la Société le buste de d'Almeida, œuvre de M. Guillaume, et donne la parole à M. Mascart, Président du Comité de souscription, qui prononce le discours suivant :

« La mort de M. d'Almeida a été la perte la plus cruelle que pût éprouver la Société française de Physique. Sûr de répondre aux sentiments de tous nos collègues, le Conseil a pris l'initiative d'une souscription destinée à élever un monument à notre premier Secrétaire général ; dans la séance du 7 janvier 1881, la Société approuva, par un vote unanime, la proposition du Conseil et décida qu'elle prendrait la souscription sous son patronage.

» Les membres de l'Association des anciens élèves du Lycée Henri IV et les amis de M. d'Almeida se sont joints à nous avec empressement; le Comité constitué pour recueillir cette souscription m'a fait l'honneur de me désigner comme président, en raison des fonctions que je remplissais alors à la Société de Physique, et je dois, au moment d'inaugurer le buste, vous rendre compte de notre mission aujourd'hui terminée. La tâche a été singulièrement facile : au premier appel, les adhésions se sont présentées de toutes parts, des plus grandes situations scientifiques, des amitiés que M. d'Almeida avait formées dans le monde littéraire ou politique et surtout d'un nombre considérable de savants, de professeurs, de physiciens, d'amis de la Science inconnus à qui il avait eu l'occasion de rendre service; quelques-unes, venant de l'étranger, ont été accueillies avec une gratitude particulière.

» En dehors des souscriptions directes, nous avons trouvé, sous d'autres formes, un concours non moins précieux. M. le Ministre de l'Instruction publique et des Beaux-Arts nous a fait don d'un marbre d'une beauté remarquable. La modicité de nos ressources ne semblait pas nous permettre de grandes prétentions artistiques; mais, ici encore, nous avons eu la bonne fortune de rencontrer un ami. M. Guillaume, membre de l'Institut, en souvenir de ses relations personnelles avec M. d'Almeida, a bien voulu se charger de l'exécution du buste. L'éminent statuaire a reproduit les traits de M. d'Almeida, sa noble distinction, son regard sympathique et bienveillant, avec une fidélité inespérée. En même temps qu'un portrait exact, il nous a donné une belle œuvre d'art, et je suis certain d'être votre interprète en lui exprimant, au nom de la Société, notre plus profonde reconnaissance.

» Pour laisser à chacun des souscripteurs un souvenir de l'homme que nous voulons honorer, le Comité a eu la pensée de publier une Brochure qui renfermerait l'excellente Notice de M. Bouty sur M. d'Almeida, les paroles prononcées sur sa tombe, ainsi que le compte rendu de la séance actuelle, et de placer, en tête de cette Notice, une reproduction du buste lui-même. M. Dujardin, dont les belles épreuves par héliogravure sont si estimées, a pris à cœur d'apporter aussi sa contribution sous une forme particulière en faisant les frais de cette reproduction.

» Je n'ai plus à apprécier ici le rôle de M. d'Almeida, mais le sentiment général de sympathie et de regrets, dont ce buste restera le témoignage dans la Société de Physique, m'autorise à caractériser, en quelques mots, le sens que nous attachons à cette manifestation. Dans toute sa carrière, M. d'Almeida s'est fait remarquer par la droiture du caractère, l'aménité des relations, le désir d'être utile et surtout le sentiment le plus élevé du bien public. Pendant l'année cruelle, déjà si loin de nous, que n'oublieront jamais ceux qui ont été les témoins ou les acteurs de la Défense nationale, M. d'Almeida s'était dévoué tout entier. C'est à lui qu'on doit la première idée des photographies microscopiques employées comme moyen de correspondance entre les départements et Paris investi. Il voulut ensuite faire davantage : il partit en ballon, le 17 décembre 1870, avec une mission difficile à remplir. Au milieu des dangers de toute nature, par un climat rigoureux, M. d'Almeida fit preuve d'un rare courage et déploya une énergie au-dessus de ses forces physiques, sans avoir la consolation d'arriver à temps pour que ses efforts fussent utiles au pays. Le rapport qu'il a rédigé sur cette expédition est comme le récit d'un drame dont on voudrait pouvoir communiquer le souffle généreux. M. d'Almeida y montre, par l'exemple, qu'un savant a une patrie, si la Science n'en a pas, et comment il sait la servir. C'est là que l'on trouve l'idée dominante qui l'a dirigé dans les dernières années de sa vie : travailler au développement des forces intellectuelles et morales de la France. La création du *Journal de Physique* et l'organisation de la Société de Physique, dont il s'est occupé avec tant de zèle, seront l'honneur de sa carrière. La Société peut fêter aujourd'hui le dixième anniversaire de son existence ; sa prospérité est toujours croissante et, s'il est permis d'évoquer la pensée de ceux qui ne sont plus, nous pouvons affirmer que d'Almeida serait satisfait du progrès des œuvres auxquelles son nom restera attaché. La Société continue de travailler et de se développer dans l'esprit qu'avait voulu lui inspirer son premier Secrétaire général : *Pro Patria* ([1]).

([1]) Nous croyons faire un acte de justice en rappelant ici les origines de la Société de Physique, comme l'avait déjà fait M. Lissajous dans son Rapport sur le projet de Statuts, lu à la première séance du 17 janvier 1873.

Dès l'année 1868, M. Bertin avait provoqué une réunion intime de quelques physiciens pour s'entretenir des questions qui paraissaient les plus intéressantes dans les publications françaises et étrangères ; bientôt après il accueillit cette Société naissante dans le laboratoire de Physique de l'École Normale, où l'on trouvait toutes les facilités matérielles pour répéter les expériences. Le nombre des invités s'accrut rapidement, car la réunion était largement ouverte aux savants et aux professeurs qui manifestaient le désir d'y prendre part. Les locaux dans lesquels nous avions trouvé à l'École Normale une si gracieuse hospitalité ne tardèrent pas à devenir insuffisants ; la réunion ne conservait pas de procès-verbaux des communications qui lui avaient été présentées, et son caractère privé, ainsi que l'absence de ressources propres, ne permettaient pas de lui donner les développements et la portée plus générale dont elle était susceptible. En 1872, le succès de cette tentative restreinte parut assez établi pour assurer l'avenir d'une Société définitive et une Commission de quelques membres, dont M. d'Almeida était le véritable inspirateur, fut chargée de préparer des statuts provisoires. Plus de soixante-dix adhésions, formées, pour la plupart, des membres de la réunion de l'École Normale, étaient obtenues au bout de quelques jours seulement, et la liste des membres fondateurs a été déclarée close dans la séance du 14 février 1873

LISTE DES SOUSCRIPTEURS.

M. LE MINISTRE DE L'INSTRUCTION PUBLIQUE ET DES BEAUX-ARTS.
M. GUILLAUME, Membre de l'Institut (Académie des Beaux-Arts).
M. DUJARDIN, Graveur héliographe.
L'ASSOCIATION AMICALE DES ANCIENS ÉLÈVES DU LYCÉE HENRI IV.

MM.

ABRIA, Correspondant de l'Institut (Académie des Sciences).
ADAMS (W.-G), Professeur, Vice-Président *of the Society of Telegraph-Engineers and Electricians.*
ALEXIS, Commis principal au Bureau télégraphique central de Marseille.
ALLUARD, Professeur à la Faculté des Sciences de Clermont-Ferrand.
ANDREWS, de Belfast (Irlande).
ANGOT, Météorologiste titulaire au Bureau Central.
ARCHAMBAULT, Professeur au Lycée Charlemagne.
AUBRY, Ingénieur des télégraphes.

BAILLAUD, Directeur de l'Observatoire de Toulouse.
BARBIER (Jules), Vice-Président de l'Association amicale des anciens élèves du Lycée Henri IV.
BARON, Directeur au Ministère des Postes et des Télégraphes.
BAYLE (Charles), Membre de l'Association des anciens Élèves du Lycée Henri IV.
BAYLE (Paul), Capitaine d'artillerie.
BEDORÉ, Censeur du Lycée de Douai.
BELLATI, Professeur à l'Université de Padoue.
BELMANN (A.), Membre de l'Association amicale des anciens Élèves du Lycée Henri IV.
BENOIT (René), Adjoint au Bureau international des Poids et Mesures.
BÉRARD, Professeur à l'École Turgot.
BERTIN, Sous-Directeur de l'École Normale supérieure.
BERGON, Directeur au Ministère des Postes et Télégraphes.
BERTHELOT, Sénateur, Membre de l'Institut.
BESSON.
BIBART, Professeur au Lycée de Marseille.

BICHAT, Professeur à la Faculté des Sciences de Nancy.

BILLET, Doyen de la Faculté des Sciences de Dijon.

BISCHOFFSHEIM (R.-L.), Député.

BLAVIER, Inspecteur général des télégraphes, Directeur de l'École supérieure de Télégraphie.

BLONDLOT, Maître de conférences à la Faculté des Sciences de Nancy.

BONNIER (G.), Maître de Conférences à l'École Normale supérieure.

BORGMANN, Privat-docent à l'Université de Saint-Pétersbourg.

BOUDRÉAUX, Conservateur des collections de Physique à l'École Polytechnique.

BOUTET DE MONVEL, Professeur au Lycée Charlemagne,

BOUTY, Maître de conférences à la Faculté des Sciences.

BOUTY, Maire de Nant.

BOUTAN, Inspecteur général de l'Instruction publique.

BOURDON (Eugène), Ingénieur-Mécanicien.

BOS, Inspecteur d'Académie.

BOUILLIER, Membre de l'Institut (Académie des Sciences morales et politiques).

BRÉGUET (Antoine), Ancien élève de l'École Polytechnique.

BRION, Professeur en retraite.

BRISSAUD, Examinateur à l'École de Saint-Cyr.

BRISSE, Professeur au Lycée Condorcet.

BROCH (S.), Correspondant de l'Institut (Académie des Sciences), Directeur du Bureau international des Poids et Mesures.

BULLY, Avocat.

CAILLETET, Correspondant de l'Institut (Académie des Sciences).

CARO, Membre de l'Académie française.

CAUTHION, Avoué.

CAVAILLÉ-COLL, Facteur d'orgues.

CLAMAGERAN, Conseiller d'État.

CHARTON (E.), Sénateur.

CHAUTARD, Doyen de la Faculté des Sciences libre de Lille.

CIVIALE, Membre de la Société française de Physique.

COULIER, Membre du Comité de santé des armées.

CORNU, Membre de l'Institut (Académie des Sciences).

COUPIER, Fabricant de produits chimiques.

CROVA, Professeur à la Faculté des Sciences de Montpellier.

DAGUENET, Professeur au Lycée de Versailles.

DAGUIN, Professeur à la Faculté des Sciences de Toulouse.

DALMAN, Ingénieur.

DAMASCHINO (D'), Professeur à la Faculté de Médecine, Président de l'Association amicale des anciens élèves du Lycée Henri IV.

DAMIEN, Maître de conférences à la Faculté des Sciences de Lille.

Dareste (C.), Professeur au Muséum.

Dedet, Professeur au Lycée d'Albi.

Deleuil, Constructeur d'instruments de précision.

Delestrée, Inspecteur d'Académie à Niort.

Denoyel, Capitaine d'artillerie.

Desprats (A.), Professeur au Collège de Millau.

Desprès (Dr), Chirurgien des hôpitaux.

Destailleurs, Architecte.

Dubosco (Jules), Constructeur d'instruments d'optique.

Duclos, Inspecteur primaire.

Ducretet, Constructeur d'instruments de précision.

Dupet, Professeur au Lycée Saint-Louis.

Duluard (A.), Notaire, Membre de l'Association amicale des anciens Élèves du Lycée Henri IV.

Dumoulin-Froment, Ingénieur, constructeur d'instruments de précision.

Dumont-Honnet, Membre de l'Association amicale des anciens Élèves du Lycée Henri IV.

Dunod, Libraire-Éditeur.

Dunoyer, Conseiller d'État.

Durand-Morimbeau.

Fargues de Taschereau, Professeur au Lycée Condorcet.

Faure, Ingénieur.

Felici, Professeur à l'Université de Pise.

Fernet, Inspecteur général de l'Instruction publique.

Feulard (H.), Avocat, Membre de l'Association amicale des anciens Élèves du Lycée Henri IV.

Feulard (P.), Docteur en médecine. Membre de l'Association amicale des anciens Élèves du Lycée Henry IV.

Foussereau, Professeur au Lycée Louis-le-Grand.

Fridblatt, Ingénieur des télégraphes.

Friedel, Membre de l'Institut (Académie des Sciences).

Funk-Brensano, Professeur à l'École libre des Sciences politiques.

Gaillard, Économe du Lycée de Lille.

Garban, Inspecteur d'Académie.

Gariel, Membre de l'Académie de Médecine.

Gasté (de), Ancien député.

Gauthier-Villars, Libraire-Éditeur.

Gayon, Professeur à la Faculté des Sciences de Bordeaux.

Gérardin, Inspecteur général de l'Instruction publique.

Gernez, Maître de conférences à l'École Normale supérieure.

Girardet, Professeur au Lycée Saint-Louis.

Glacuant, Inspecteur général de l'Instruction publique.

Gossin, Proviseur au Lycée de Lille.

GOULIER, Colonel du Génie.

GOYI, Professeur à l'Université de Naples.

GRAMMACINI, Receveur, Chef du poste central des télégraphes.

GRAVIER, Ingénieur à Varsovie.

GRAY (Rober-Kaye), Ingénieur électricien de l'*India Rubber, gutta per-cha and telegraph Works, C°*.

GRÉHANT (D'), Aide-naturaliste au Muséum.

GRENIER, Proviseur du Lycée Henri IV.

GRIPON, Professeur à la Faculté des Sciences de Rennes.

GUELPA, Principal du Collège de Blidah.

GUÉBHARD, Agrégé de la Faculté de Médecine.

GUILLEBON (DE), Contrôleur de l'exploitation au chemin de fer d'Orléans.

HALLAY-DABOT, Ancien avocat au Conseil d'État.

HANRIOT, Professeur honoraire de la Faculté des Sciences de Lille.

HEROLD, Sénateur, Préfct de la Seine.

HESEHUS, Privat-docent à l'Université de Saint-Pétersbourg.

HETZEL, Libraire-Éditeur.

HOÜEL, Professeur à la Faculté des Sciences de Bordeaux.

HUGUENY, Professeur de la Faculté des Sciences de Marseille.

HUMBERT, Professeur au Lycée de Lille.

INFREVILLE (D'). Électricien de la *Western Union Telegraph*.

JAMIN, Membre de l'Institut (Académie des Sciences).

JANET (P.), Membre de l'Institut (Académie des Sciences morales et politiques).

JANNIN, Professeur au Lycée d'Albi.

JANSSEN, Membre de l'Institut (Académie des Sciences).

JAVAL (D'), Directeur du laboratoire d'Ophtalmologie à la Sorbonne.

JEUNET, Professeur au Lycée d'Angoulême.

JOUBERT, Professeur au Collège Rollin.

JOZON, Notaire, Membre de l'Association amicale des anciens Élèves du Lycée Henri IV.

JUNGFLEISCH, Professeur à l'École de Pharmacie.

KERANGNÉ (DE), Capitaine adjudant-major au 121ᵉ de ligne.

LACUELIER, Inspecteur général de l'Instruction publique.

LACOINE, Ingénieur à Constantinople.

LAFOREST (DE), Colonel au 6ᵉ de ligne.

LAILLIER, Docteur en Médecine.

LALLEMAND, Correspondant de l'Institut (Académie des Sciences).

LAMÉ-FLEURY, Conseiller d'État.

LANDAIS, Directeur d'assurances maritimes.

LAURENT, Constructeur d'instruments de précision.

LAWTON (G.-J.) Electricien de l'*Eastern Telegraph C°*.

LE BOSSÉ, Professeur au Collège de Valogne.

LE BLANC, Professeur à l'École Centrale.

LECHAT, Professeur au Lycée Louis-le-Grand.

LECOQ DE BOISBAUDRAN, Correspondant de l'Institut (Académie des Sciences).

LEMOINE (E.), Ancien élève de l'École Polytechnique.

LÉNIENT, Professeur à la Faculté des Lettres.

LERMANTOFF, inspecteur au cabinet de Physique de l'Université de Saint-Pétersbourg.

LESPIAULT, Professeur à la Faculté des Sciences de Bordeaux.

LESSEPS (DE), Membre de l'Institut (Académie des Sciences).

LEVY (G.), Photographe.

LEVY, Professeur au Lycée de Troyes.

LIPPMANN, Professeur à la Faculté des Sciences.

LIRONDELLE, Professeur au Lycée de Douai.

LISLEFERME (DE), Ingénieur.

LUTZ, Constructeur d'instruments de précision.

MACÉ DE LEPINAY, Maître de conférences à la Faculté des Sciences de Marseille.

MAGNANT, Ancien élève de l'École Polytechnique.

MAGNE, Ingénieur des télégraphes.

MARTHA, Professeur à la Faculté des Lettres.

MARTIN DE SEMMERA, Secrétaire général de l'Association amicale des anciens élèves du Lycée Henri IV.

MASCART, Professeur au Collège de France, Directeur du Bureau Central Météorologique.

MAREY, Membre de l'Institut (Académie des Sciences).

MASSE, Professeur au Lycée de Vanves.

MAURAT, Professeur au Lycée Saint-Louis.

MELSENS, Membre de l'Académie royale des Sciences de Bruxelles.

MERCADIER, Directeur des Études de l'École Polytechnique.

MÉRITENS (DE), Ingénieur.

MERSANNE (DE), Ingénieur.

MILLARD, Avocat à la Cour d'appel.

MILLARD, Docteur en Médecine.

MILLOT, Professeur au Lycée de Lille.

MOREAU (Dr), Chef des travaux physiologiques au Muséum.

MORS, Ingénieur.

NAPOLI, Ingénieur, Chef du Laboratoire des essais au Chemin de fer de l'Est.

NIAUDET, Ingénieur, Trésorier honoraire de la Société de Physique.

NIGOLES, Professeur au Prytanée militaire.

Offret, Professeur au Lycée de Douai.
Ollivier (Émile), Membre de l'Académie française.

Paul, Directeur de l'*Eastern Telegraph C°* à Bône.
Payn (J.), Superintendent de l'*Eastern Telegraph C°*.
Pellat, Professeur au Lycée Louis-le-Grand.
Pérot, Dessinateur graveur.
Philippart, Ingénieur.
Philippon, Secrétaire de la Faculté des Sciences.
Philippon (G.), Professeur au Lycée Henri IV.
Philippon (P.), Préparateur à la Faculté des Sciences.
Philippon, Membre de l'Association amicale des anciens Élèves du Lycée Henri IV.
Plateau, Correspondant de l'Institut (Académie des Sciences).
Planté, Ingénieur.
Pont (Paul), Membre de l'Institut. (Académie des Sciences morales et politiques).
Potier, Ingénieur en chef des Mines, Professeur à l'École Polytechnique.
Pouchet, Professeur au Muséum.

Quesneville (Dr), Directeur du *Moniteur Scientifique*.
Quet, Inspecteur général de l'Instruction publique.

Raffard, Ingénieur.
Raynaud, Chef de Bureau au Ministère des Postes et des Télégraphes.
Rodde (F.), Ingénieur.
Rodocanachi (Emmanuel), Membre de la Société française de Physique.
Romilly (de), Membre du Conseil de la Société française de Physique.
Ronchaud (de), Directeur des Musées nationaux et de l'École du Louvre.
Roosewelt, Ingénieur.
Rosenstiehl, Chimiste, Directeur de l'usine Poirier.
Rossetti, Professeur à l'Université de Padoue.

Sainte-Claire Deville (H), Membre de l'Institut (Académie des Sciences).
Salet, Maître de conférences à la Sorbonne.
Salicis, Répétiteur à l'École Polytechnique.
Sandoz, Préparateur des travaux pratiques de Physique à la Faculté de Médecine.
Schwedoff, Professeur à l'Université d'Odessa.
Sebert, Colonel d'artillerie, Directeur du laboratoire central de la Marine.
Serré-Guino, Examinateur à l'École de Saint-Cyr.
Sire, Docteur ès Sciences.
Sorel (A.), Secrétaire de la présidence au Sénat.
Spottiswoode, Président de la Société royale de Londres.
Stefanoff, Professeur de Physique à Cronstadt.

— 31 —

TASCHEREAU (J.), Receveur des finances.
TEISSIER, Professeur au Lycée de Nice.
TÉPLOFF, Colonel du Génie impérial russe.
TERNANT, Directeur de l'*Eastern Telegraph*, à Marseille.
TERNANT (Mme).
TERQUEM, Professeur à la Faculté des Sciences de Lille.
THUROT, Membre de l'Institut (Académie des Inscriptions et Belles-
    Lettres).
THYRION, Professeur au Collège de Fontainebleau.
TORTEL, Professeur au Lycée de Grenoble.
TRIPIER, Docteur en Médecine.
TULEU, Ingénieur.
TURIÈRE, Professeur au Collège de Bédarieux.

VACQUANT, Inspecteur général de l'Instruction publique.
VERDIER, Professeur de Physique.
VERNE (Jules), Homme de lettres.
VINCENT, Professeur à l'École Centrale.
VIOLLE, Professeur à la Faculté des Sciences de Lyon.
VOIGT, Professeur au Lycée de Lyon.

WARREN DE LA RUE, Correspondant de l'Institut (Académie des Sciences)
WEST, Ingénieur.
WIEDEMANN (E.), Professeur à l'Université de Leipzig.
WIESNEGG, Constructeur d'instruments pour les Sciences.

XAMBEU, Principal du Collège de Saint-Sever.

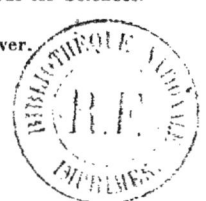

Paris. — Imprimerie GAUTHIER-VILLARS, quai des Augustins, 55.

77

www.ingramcontent.com/pod-product-compliance
Lightning Source LLC
Chambersburg PA
CBHW060846180626
46818CB00004B/1615